Susanna Isern es escritora, psicóloga y madre de tres hijos.
Desde que su primer álbum ilustrado vio la luz, en la primavera de 2011, ha publicado más de treinta libros infantiles. La mayoría de sus obras se comercializan internacionalmente y pueden encontrarse, además de en braille, en español, catalán, gallego, euskera, inglés, francés, alemán, italiano, portugués, polaco, ruso, rumano, árabe, chino y coreano.
Dos de sus obras han sido premiadas en Estados Unidos, donde obtuvo la medalla de plata en el año 2013 y en el año 2015 en los prestigiosos Moonbeam Children's Books Awards.
En la actualidad compatibiliza su pasión por la escritura con la psicología. Dirige el gabinete médico Aula Dédalo de Santander y es profesora de psicología del aprendizaje en la Universidad Europea del Atlántico.

Rocio Bonilla es licenciada en Bellas Artes por la Universidad de Barcelona, CAP en Pedagogía y cursó estudios específicos de ilustración con Ignasi Blanch y Roger Olmos.
Inició su trayectoria profesional practicando diversas disciplinas artísticas y, finalmente, se dedicó a la publicidad, que la mantuvo apartada de los lápices durante doce años.
Desde 2010, ha compaginado la ilustración con la pintura de murales, y ha publicado diversos trabajos en revistas como *El mueble* y *Barça Kids*, además de cartelería y una treintena de libros con diversas editoriales.
Como autora ha publicado cuatro títulos: *Cara de pájaro*, *La montaña de libros más alta del mundo*, *¿De qué color es un beso?* (Premio del Ministerio de Educación y Cultura a los libros mejor editados 2015) y *Max y los superhéroes*, también ilustrados por ella.
Sus obras se han traducido y publicado en Canadá, Estados Unidos, Francia, Bélgica, Italia, Portugal, Corea, Taiwan y China.

A Yuna, mi pequeña rebelde. Susanna Isern

*A Blanca, mi artista incombustible, cuya habitación suele
ser una selva de gran magnitud.* Rocio Bonilla

Copyright © de los textos: Susanna Isern, 2016
Copyright © de las ilustraciones: Rocio Bonilla, 2016

Copyright de esta edición: @ Editorial Flamboyant S.L., 2017
Rambla de Catalunya 14, 5º2ª, 08007 Barcelona, España
www.editorialflamboyant.com

Corrección de textos: Raúl Alonso Alemany
Diseño: Noemí Maroto

1ª edición, febrero de 2017
2ª edición, junio de 2017

ISBN: 978-84-946035-2-5
DL B 13589-2017

Impreso en TBB, Eslovaquia

ESTO NO ES UNA SELVA

Susanna Isern • Rocio Bonilla

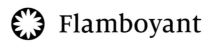
Flamboyant

Todo empezó el día que Paula decidió decir que no.

—Paula, cepíllate los dientes, por favor.

—Paula, ven a peinarte, por favor.

—Paula, come con los cubiertos, por favor.

Decir que no a todo era divertidísimo.
Paula podía hacer lo que quisiera.

—Paula, ordena tu cuarto, por favor.
　　　—No.

—Paula, cámbiate de ropa, por favor.
　　　—No.

—Paula, báñate, por favor.
　　　—No.

—Paula, lleva tu plato al fregadero, por favor.

—No.

Todo estaba revuelto. Pero a Paula no le importaba. Su pequeño caos le encantaba.

—Paula, ponte el pijama, por favor.

—No.

—Paula, duerme en la cama, por favor.

—No.

—Esto pronto va a parecer una selva —le dijo finalmente
su mamá tras darle un beso de buenas noches.

Y entonces sucedió...

Apareció de repente en su habitación. La despertó un viento huracanado en la cara. Solo que no era viento, sino el aliento de un león. Sus ronquidos eran como los truenos de una tormenta.

Asustada y desconcertada, Paula salió sigilosamente de su cuarto para no despertar a la fiera. Pero el león no era el único visitante. Se encontró con dos tucanes que aleteaban y graznaban impetuosamente. El sonido era ensordecedor.

—¡Cuánto ruido! —se quejó Paula.

Pero las aves la ignoraron y siguieron produciendo aquel estridente ruido.

Paula se tapó los oídos y corrió hacia la habitación de sus padres.

Pero en aquel dormitorio no encontró a sus padres. En su lugar había
una familia de osos.

—¿Dónde están mis padres? ¡Estas cosas son suyas! ¡Todo debe estar en su sitio!

Los osos miraron a la niña con curiosidad y continuaron poniéndose guapos.

Paula entró en el baño, cerró la puerta y suspiró aliviada. Pero aquel suspiro se entrecortó en cuanto lo vio… Un hipopótamo GIGANTE se estaba lavando en la bañera.

—¡Sal de mi bañera! ¡La estás destrozando! —pidió Paula.

Pero el hipopótamo no le hizo el menor caso y siguió chapoteando, feliz.

En el salón, las cosas no parecían ir mejor. Un grupo de chimpancés se divertía arrancando, una por una, las páginas de su colección favorita de cómics.

—Alejaos de mis libros, por favor —suplicó Paula.

Pero los chimpancés ni la miraron y arrancaron todas las hojas sin dejar ni una sola pegada al lomo.

A Paula le comenzó a rugir la barriga, aún no había desayunado.
Pero la cocina también estaba ocupada.

-¡Tengo que desayunar! ¡No va a quedar nada!

Pero los animales no tenían ninguna intención de interrumpir aquel festín y devoraron todo lo que encontraron a su paso.

Paula recordó que era sábado y que tenía natación.
Corrió al lavadero a buscar la mochila.

-¡Mi traje de baño! ¡Mis gafas! ¡Devuélveme todo ahora mismo!

Paula salió del lavadero, desesperada. Pensó que lo mejor era irse de casa y dejar atrás toda aquella pesadilla. Quizás la vecina supiera dónde estaban sus padres y podría ayudarla. Pero fuera se encontró con algo increíble...

Su casa había desaparecido, se había convertido en una
AUTÉNTICA selva. Una auténtica selva con árboles, lianas,
vegetación frondosa... y todos los animales campando
a sus anchas.

—¡Fuera todos de aquííííí! —insistió.

Y entonces se dio cuenta de algo terrible.
Una cola peluda salía de la parte baja
de su espalda.

Paula vio su reflejo en las aguas de un lago en el que se estaban bañando los elefantes.
No podía creer lo que veían sus ojos.

—¡Esto no es una selva! —gritó—. ¡Y yo no soy un animal salvaje!

Paula se puso a correr por la selva. De pronto, debajo de una palmera, vio el baúl de los juguetes, y no muy lejos de allí también atisbó uno de sus peluches. Paula lo agarró y lo metió en el baúl. Asimismo encontró algunas canicas, su disfraz de pirata, cartas...

Lo fue guardando todo, mientras repetía con desesperación:
«¡Esto no es una selva!».

A medida que Paula recogía sus cosas aparecieron muchas más que colocó en el lugar adecuado. Vio su cepillo de dientes y aprovechó para cepillárselos. También se dio un baño de espuma relajante. Al final estaba tan cansada que se quedó profundamente dormida.

A la mañana siguiente, su mamá la despertó con un beso. Al mirar a su alrededor, Paula respiró aliviada. Todo volvía a estar en su sitio. No había animales salvajes, ni árboles, ni lianas...

—Buenos días, Paula. ¿Cómo has dormido?

Paula se tocó la parte baja de la espalda. No tenía cola. Volvió a suspirar.

—¿Qué te parece si nos vamos a desayunar?

—Sí, mamá, pero antes déjame recoger todo este lío... ¡Esto no es una selva!